Libro de epitafios

El suyo, el de un ser amado u odiado podría estar aquí

José Díaz

José Díaz
Libro de epitafios

ISBN: 9798831970630
Registro legal

Textos y fotos: José Díaz
Diseño y diagramación: José Díaz y Eric A. Febrillet

Primera edición: Septiembre 2012
Segunda edición: May 2022

© José Díaz

Correo electrónico de José Díaz:
panoramalatin@hotmail.com
danilza@ptd.net
YouTube - José Díaz.Escritor
josediazescritor.blogspot.com

Impreso en los Estados Unidos

Libro de epitafios
José Díaz

A Danilza,
ayer, hoy, siempre y después de…
Mi cómplice en la felicidad !

A mi abuela Laura,
cuyo ejemplo y tenacidad,
son faro en mi vida.
Recordarla en su mesa de trabajo me inspiró
a realizar varios de los disfraces usados en este libro.

Desde niño, he sentido curiosidad, fascinación e intriga por los epitafios. La muerte en sí, me producía cierta duda existencial, el más allá colocaba sueños y teorías en mi mente que, a temprana edad, levantaban en mí cuestionamientos de toda índole. Cuando acompañé a algún familiar o conocido al cementerio que después alguien me dijo era "el barrio de los acostados", me aterraba la seriedad y la tristeza de los que acompañaban al difunto, la cual contrastaba con el comportamiento normal de los que allí vendían flores, estampas, oraciones o que se ofrecían, por un par de monedas (en aquella época todavía se regalaban monedas), de voluntarios para cargar el féretro o ayudar a depositarlo en la bóveda. Los que finalmente se acercaban ofreciendo la lápida llenaban aún más mi curiosidad porque, además de vender la piedra que sellaría por buen tiempo la morada del occiso, vendían también unas frases que después me enteré se llamaban epitafios y que en la mayoría de los casos, no tenían algún tipo de relación con el muerto. Igualmente y de manera arbitraria, los familiares escogían por el difunto olvidando en la totalidad de los casos los hechos de sus vidas, sus principios, sus valores y sin considerar la opinión de los que no hacía mucho habían iniciado el último viaje.

Comencé a pensar cómo serían los epitafios escritos realmente por los que en situación semejante, la de la muerte, se encontraran. ¿Qué dirían? Sin sarna y sin morbo, debo aclararlo, tratando de ponerme en los zapatos de muchos que ya no están para atestiguar, se me ocurrieron los siguientes epitafios que son acompañados por fotografías de modelos que representan a la Santa Muerte.

José Díaz • Libro de epitafios

Encuentros que matan.

Aquí yace sin logros y sin sueños,
quien manipuló hasta el día de su muerte,
lo que no pudo conseguir en vida,
me lamento y pido perdón,
aunque siento que seré maldecido.

Me aterraba la muerte,
ahora: ni miedo me da.

Mis cenizas durarán poco,
se habrán ido con el primer aguacero.

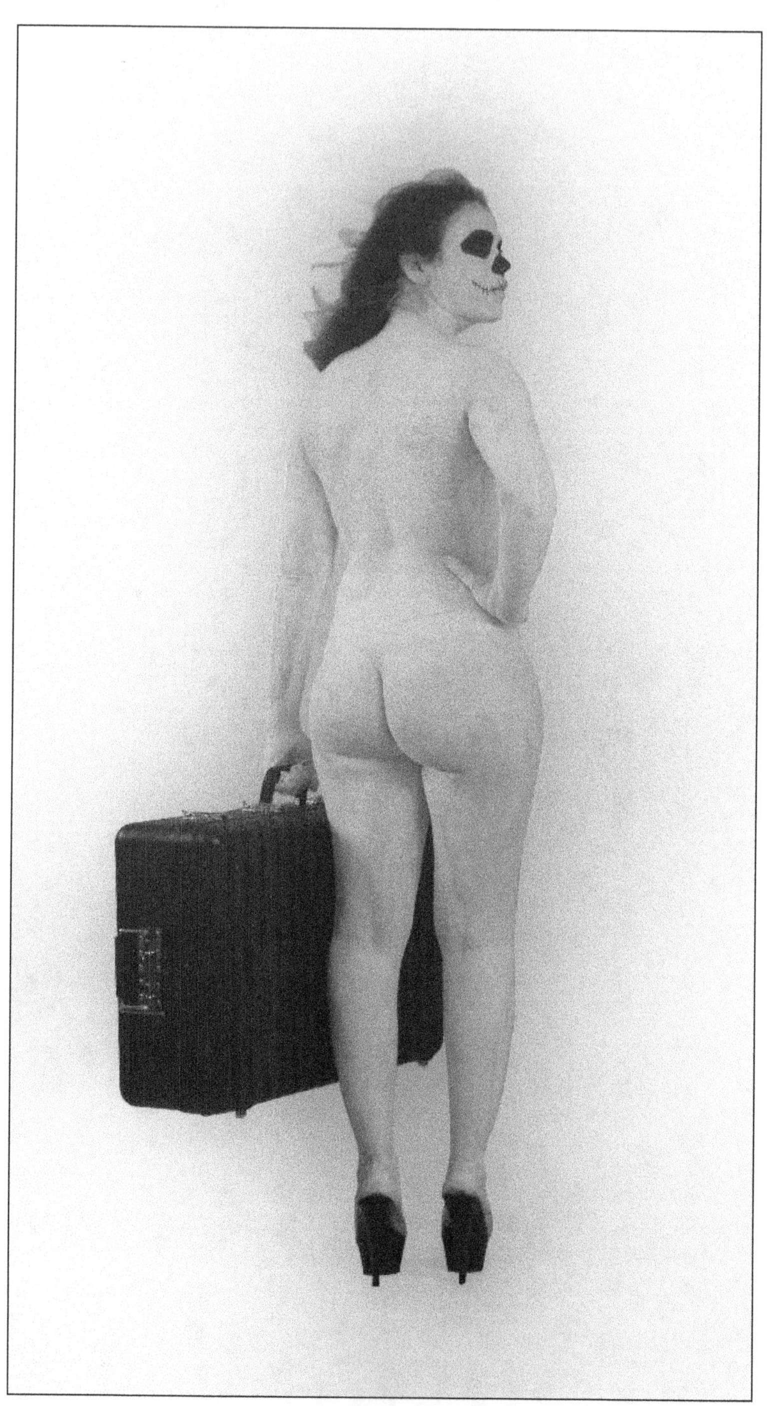

No se para donde voy,
ni me interesa.

José Díaz • Libro de epitafios

Lamento no poder cantar:
de aquí para allá,
de allá para acá.

21

A los que me odiaban
lamento decirles
que no me incomodan.

Aquí el botox:
no tiene sentido,
la lipo poco a servido,
y las tetas han desaparecido.

¿Entonces qué?

25

¿Y ahora qué?

No escupas mi tumba.
Perdóname !

Daría todo,
por salir de aquí…
…caminando…

Siempre cuestioné
que en este soledad
y máxima estrechez
se puediera descansar en paz!

Aquí, si es verdad:
no se ve un culo!

¿La envida mata?
Preguntamelo a mi.

Ahora me arrepiento.

¿Quién está ahí afuera?

Sé que lo que no te pagué y te robé,
no te hace falta,
en cambio a mí,
me está partiendo la conciencia,
en este hueco sin salida.

Ya lo sé
a los charlatanes
nadie nos echa de menos.

José Díaz • Libro de epitafios

Me engañaron tanto
que espero
que al menos
me hayan puesto la piedra.

Los angelitos
¿Dónde están?

Esta vez es en serio

Ya lo sé.
El dinero no era todo.

¿Traje algo conmigo?

55

Si por mi fuera:
no estuviera aquí.

¿Entónces?

Una que otra plañidera
no vendría mal
para acompañar
este momento.

...fumar es un placer,
beber es un placer...
...Huy que detallazo...

¡Me muero como viví!

Aposté a nada
y perdí todo.

Pedí 2 trozos de leña
porque honestamente,
los voy a necesitar
en el infierno.

La suerte me traicionó.

José Díaz • Libro de epitafios

El oro, el oro,
no pierdan mi oro !

A este diablo
le gustaba la música sacra.

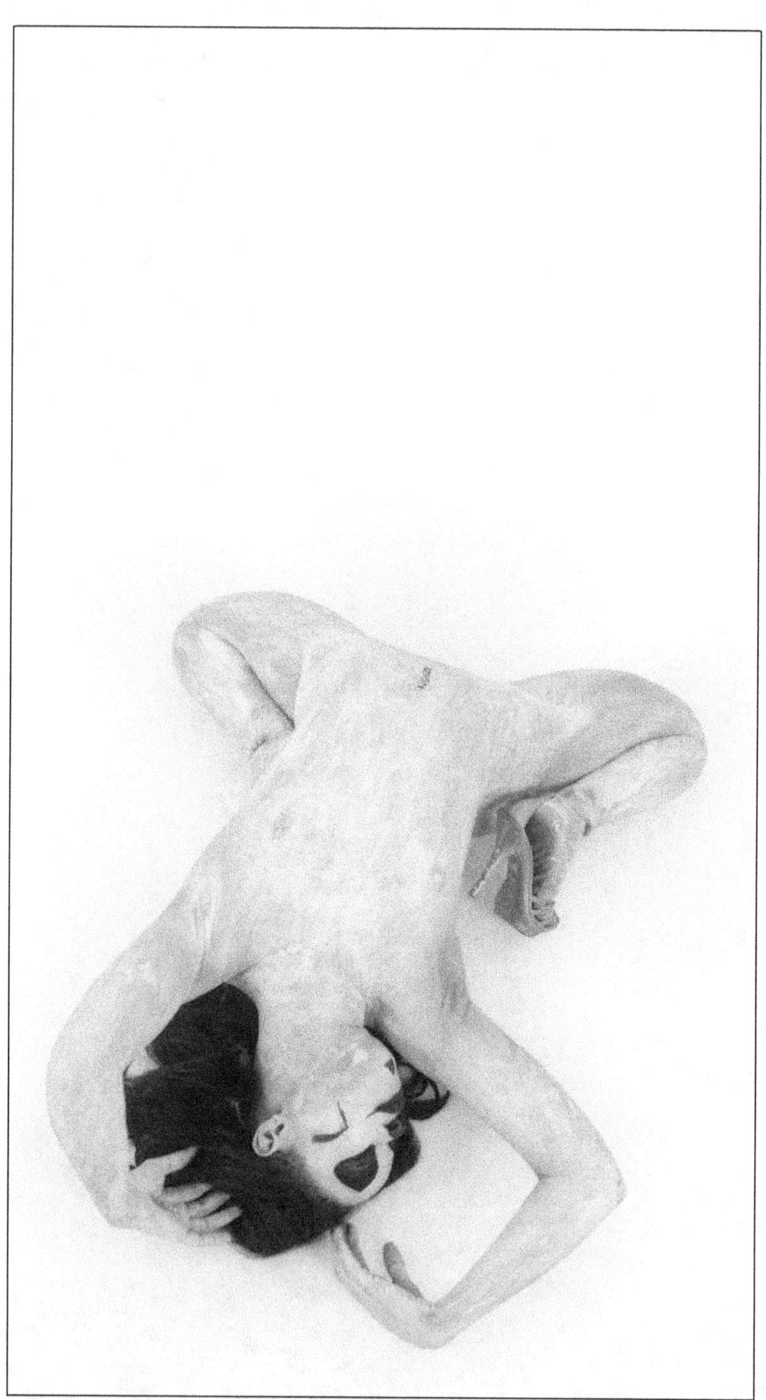

La lujuria
¿Pecado o virtud?
Me llena la duda.

Un poco de amor
me hubiese salvado.

Comí tanto
que me comí mi vida.

Mi avaricia
será vuestro expolio.

Ese que dijo ser mi amigo,
me enseñó que hay pocos.

85

Aquí, esperando el premio.

87

Viví haciendo nada
…Juy… ¡qué pereza!

Después de todo,
no merecía esto...

Las medallas, los honores.
Verdades a medias
…latitas, papeles y olvido…

Cualquiera tiene un desliz.

¡No eras genial,
pero me hacías rico!

Aquí murieron mis ilusiones.

Se dice, se rumora,
no lo creas,
solo yo se la verdad
y se está pudriendo conmigo...

Sigo pensando:
¿Qué hay al otro lado del camino?

Un consejo:
no tomes la vida en serio.

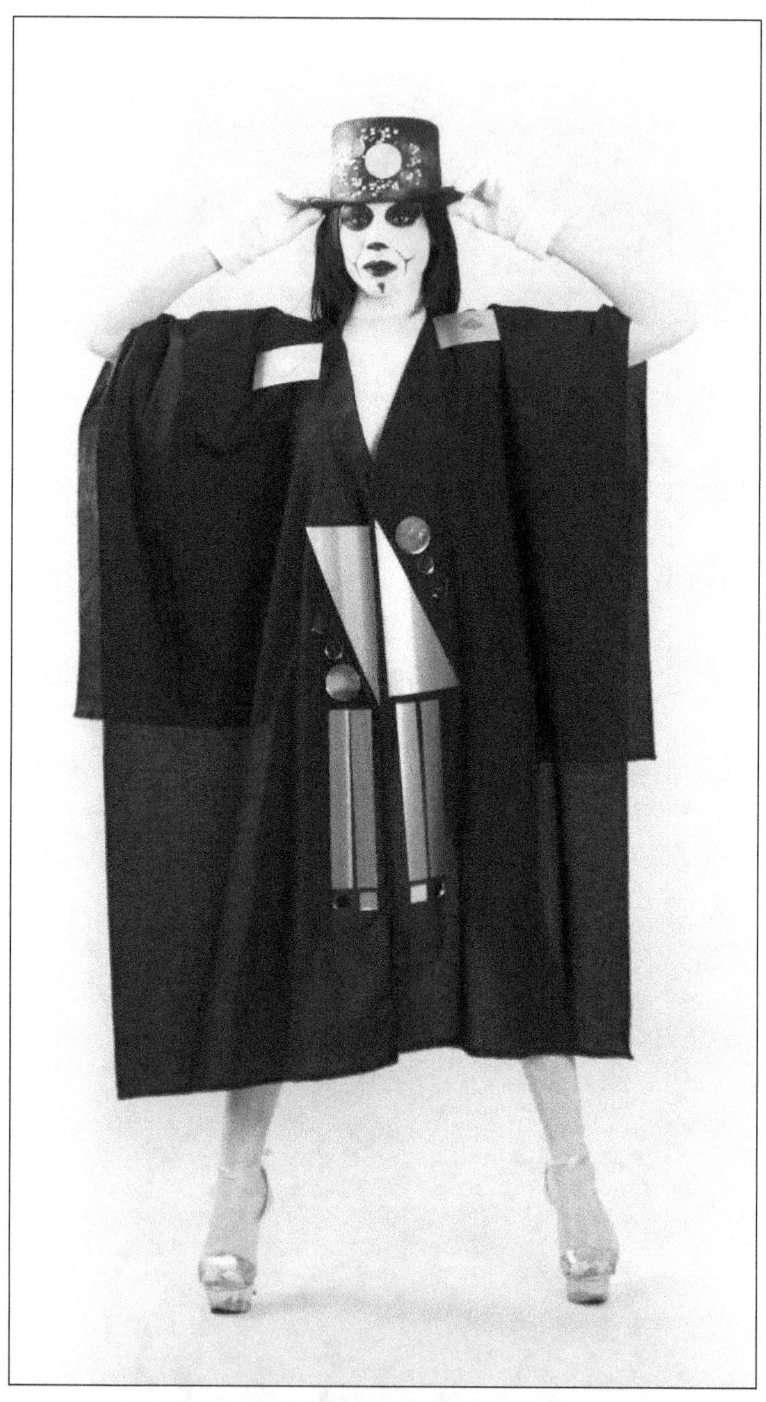

Se acabaron las dietas,
terminó la vanidad,
nada valió la pena.

La vida tiene otras letras.

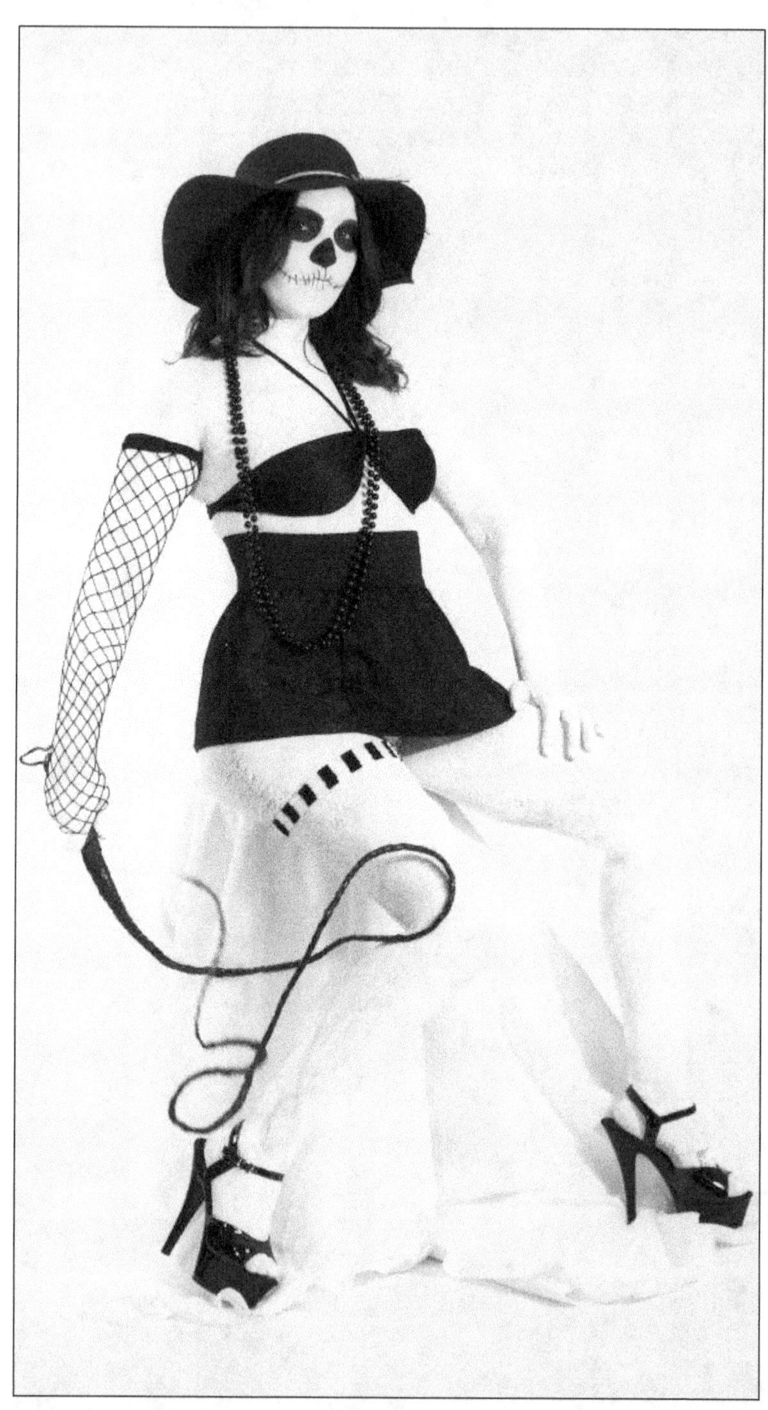

¡Sé que no morí en pecado!

La vida por un masaje.

Vestido, maquillado, listo
y sin lugar a donde ir.

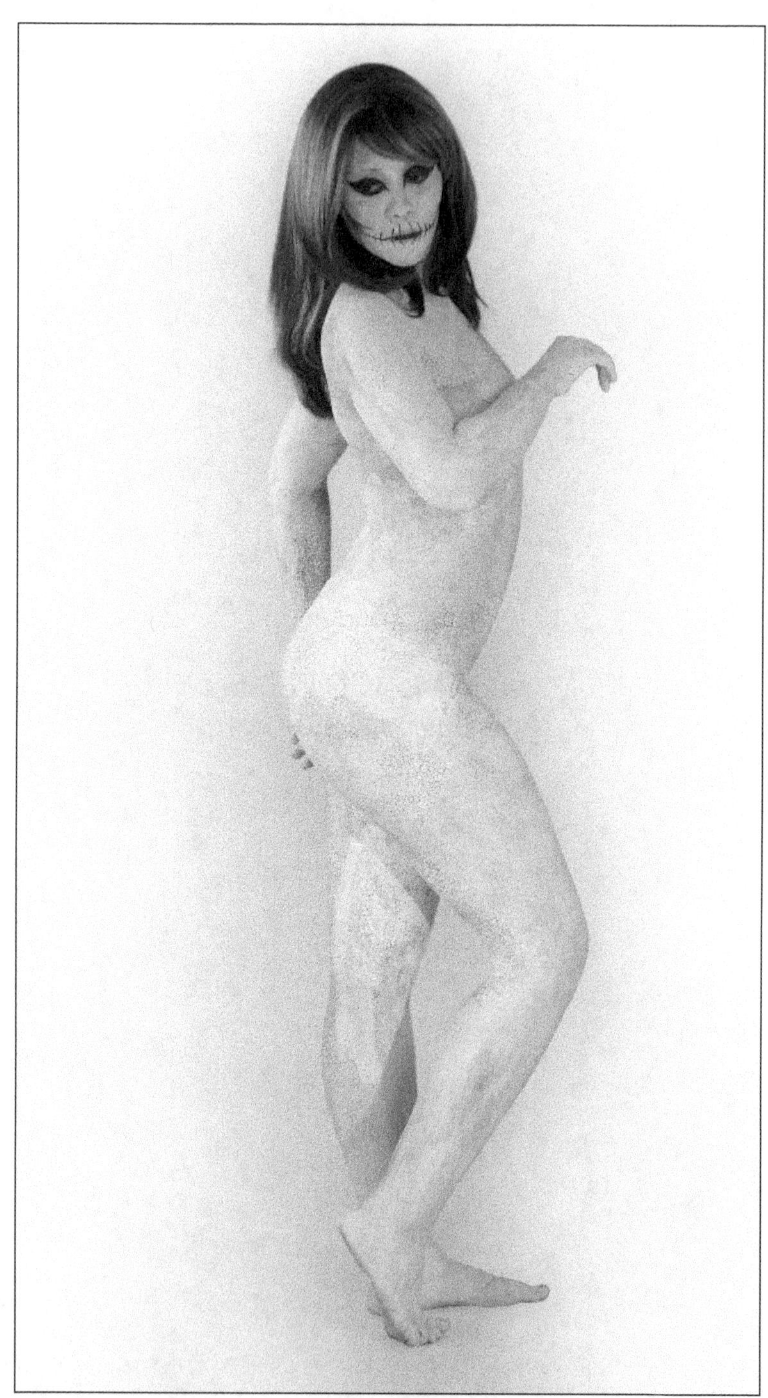

Aquí, camino de la nada.

José Díaz • Libro de epitafios

Siento la voz de un bajo
dándome la bienvenida.

Ni la muerte apaga mi tristeza.

121

Aquí, esperando más corruptos.

Nadie se entierra con nadie.

No quiero ver,
nunca quise ver.

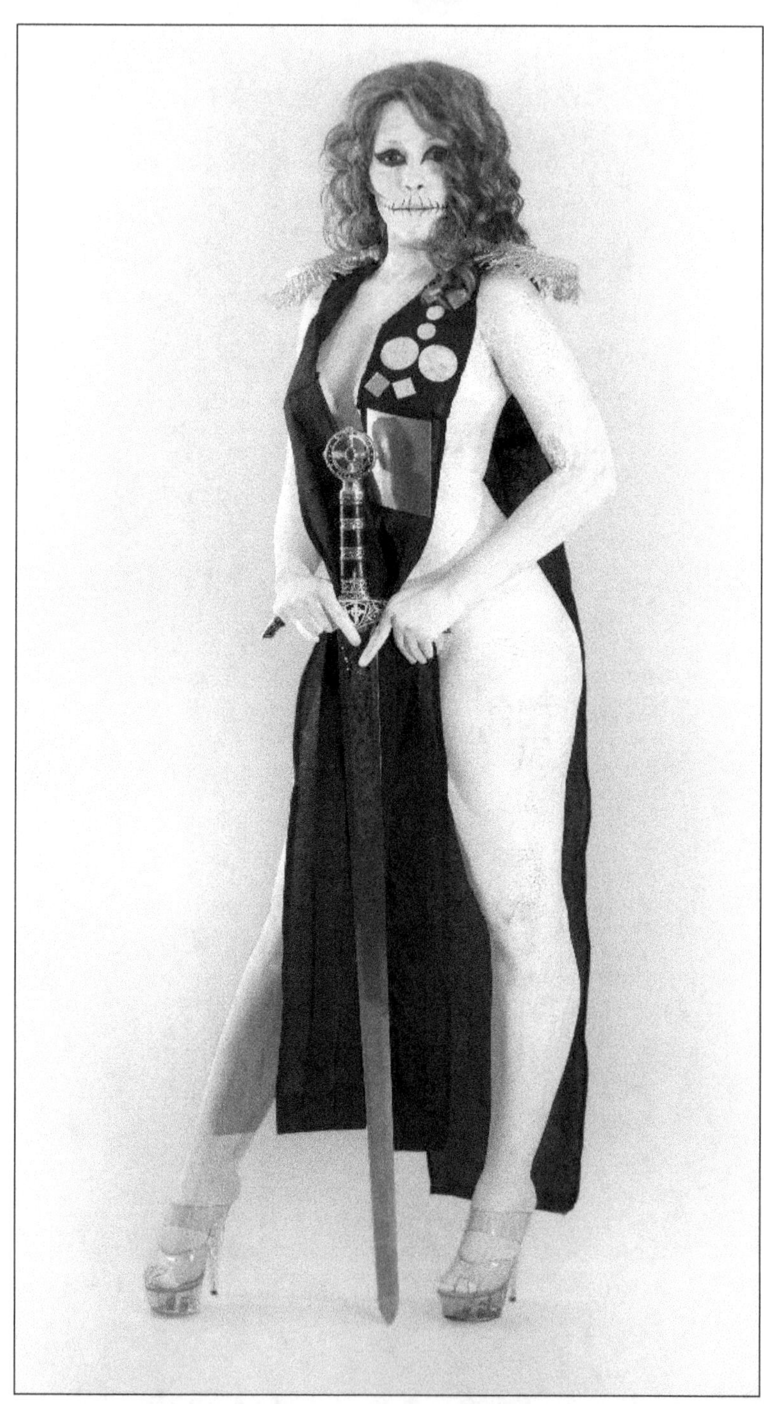

¡Allá ustedes,
que perdonaron la junta!

Me esperan.
Los complices y los alcahuetes
estarán conmigo.

No hay lugar más seguro,
sin políticos,
sin curas,
sin WikiLeaks.

José Díaz • Libro de epitafios

Todavía llevo comigo la rabia
que causa ver tanto despilfarro,
hasta en este lugar.

La muerte no nos gusta
pero tiene sus encantos.

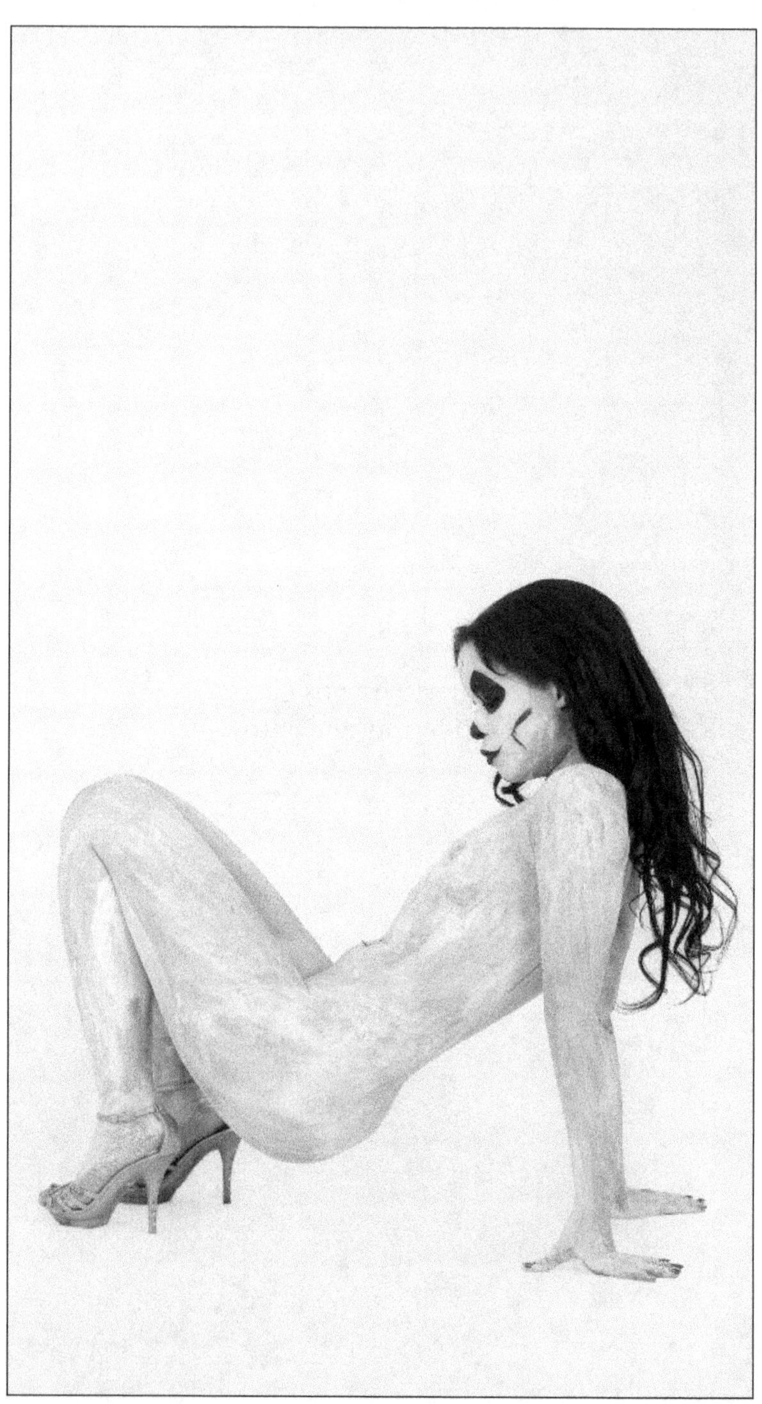

El esfuerzo fue en vano,
el mío y el de mis vecinos.

Y que quede claro:
nadie quiere morirse.

Nunca quise enfrentar
la realidad.

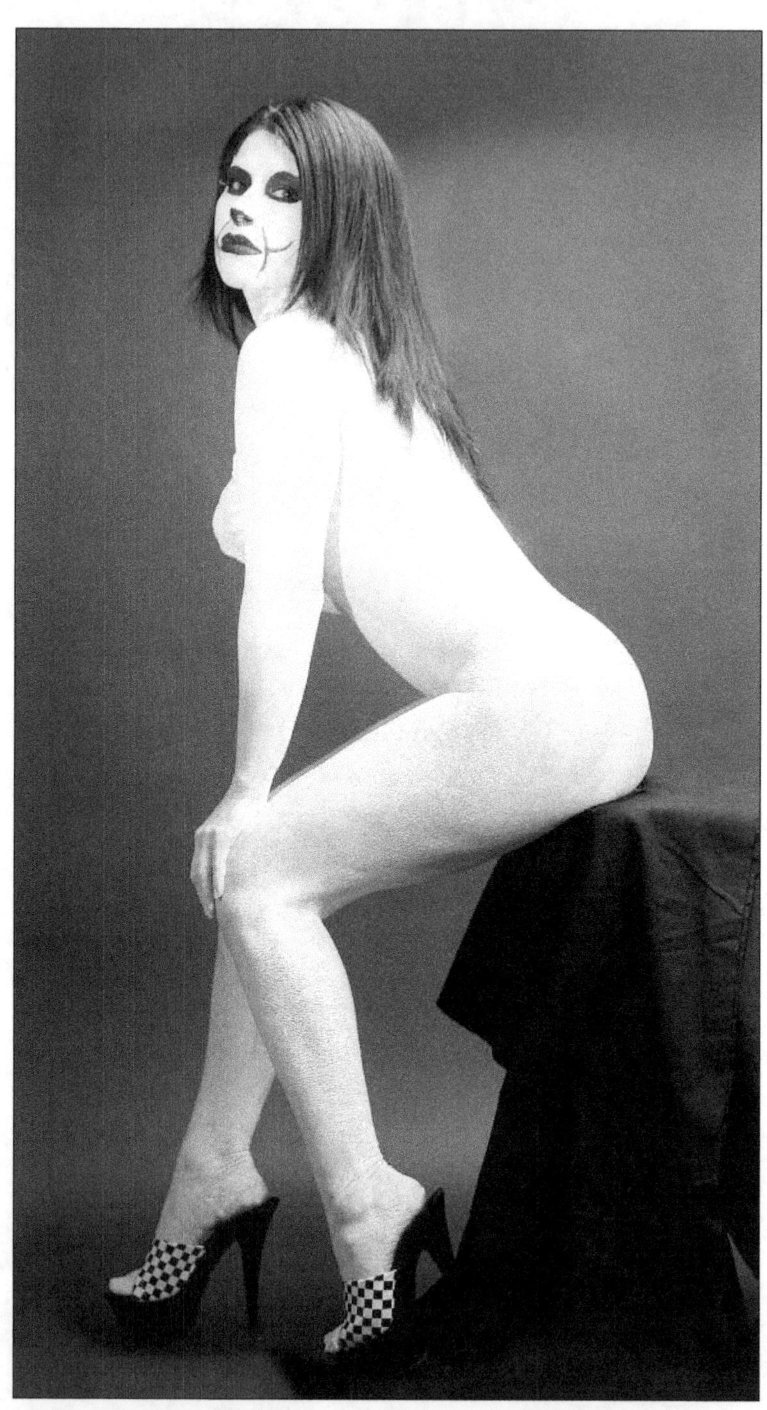

Aquí estoy, callado, dolido,
cargando sobre mis hombros,
la infamia cometida por otros que,
en parte cegaron mi libertad.

Me cogieron a destiempo y
me marcaron un gol que no merecía.

José Díaz - Libro de epitafios

Oído al odio.

149

Mi ego y mi ira
aquí conmigo.
Felices, bien acompañados.
Yo, mi yo y yorabia.

Nada mejor que eso...

¿Por qué dar la cara,
si se puede dar la espalda?
¿Hipócrita yo?

A los que decían que no cabría en este hueco,
   por las infidelidades de mi mujer,
les he probado que estaban equivocados.

En conclusión:
todos perdemos.

José Díaz • Libro de epitafios

Acerca del autor

 José Díaz, nació en Cali, Colombia (1953), terminó su carrera en Gerencia y Mercadeo y un MBA en Gerencia en la Universidad Mundial en Puerto Rico. En el Lehigh County Community College en Pensilvania, obtuvo un grado asociado en contabilidad. En la Universidad de Nueva York se graduó en negocios internacionales. En 1977 se casó con Danilza Velázquez.

Fundó en 2002 y es desde entonces el editor del periódico "Panorama Latin News", que circula los miércoles, cada quince días, en Filadelfia y ciudades vecinas en los Estados Unidos.

En 2012 José Díaz publicó: "Yo candidato: Propongo, prometo, me comprometo". Un libro con entrevistas a 9 presidenciables dominicanos y "El Libro de Epitafios" (ficción-Primera edición). En 2013 publicó: "Pupi" Legarreta, La salsa lleva su nombre". Una biografía autorizada de Félix "Pupi" Legarreta. En 2020 publicó la pieza de teatro "Entre lápidas y mausoleos". En 2021 una biografía autorizada del músico dominicano Cuco Valoy y un libro de retratos.

Ha escrito y dirigido varios cortometrajes que pueden verse en YouTube en la página: "José Díaz. Escritor". En 2017: CORTOMETRAJE ¿CÓMO HA SIDO TU DÍA?", en 2018: CORTOMETRAJE SELFI.

Desde 2014 estudia cerámica con el maestro Renzo Faggioli en la Baum School of Art en Allentown, Pensilvania. José además de la cerámica trabaja esculturas en madera y acero.

Obtuvo el Premio de Oro a la mejor fotografía internacional otorgado por la Asociación de Periódicos Hispanos de los Estados Unidos en Las Vegas, Nevada, en octubre de 2011.